पुष्पा 2 : द रुल COLOR

विवेक कुमार पांडे शंभुनाथ

ISBN 979-888606598-5

क्रम-सूची

प्रस्तावना

इस किताब में पुष्पा 2 : द रुल कि कहानी है। यह कहानी एक काल्पनिक है ,इस किताब को लिखने के दौरान कोई भी धर्म या जाति , समाज एवम् किसी भी परिवार के सदस्य को नुक्सान नहीं पहुंचा या गया है.। इस किताब को लिखा है विवेक कुमार पांडे ने।

भूमिका

मेरा नाम विवेक कुमार पांडे है और मैं एक लेखक हु , में गुजरात के सुरत में निवास करता हूं.मेरा जन्म ३० सेप्टेंबर को २००२ में हुआ था, और मुझे बचपन से एक्टर बनने का सोख रहा है और अभी भी है.। में कभी ये नहीं सोचता की लोग क्या कर रहे हैं में ये सोचता हूं कि में क्या कर रहा हूं, में आज सफल हूं तो अपने पापा की वजह से आज वो रहते तो उन्हें बहुत खुशी होती , वो सदा और हमेशा मेरे साथ रहेंगे.।

1

पुष्पा 2 : द रुल

-

  पुष्पा 2 : द रुल

- यह कहानी एक काल्पनिक है ,इस किताब को लिखने के दौरान कोई भी धर्म या जाति , समाज एवम् किसी भी परिवार के सदस्य को नुक्सान नहीं पहुंचा या गया है.। इस किताब को लिखा है विवेक कुमार पांडे ने। इस किताब को मैंने सिर्फ दो दिन में लिखा है ।

- तो आप सभी ने पुष्पा : द राइज देख लिया है और इंतजार कर रहे हैं पुष्पा : 2 द रुल का . तो मैं यही कहानी लिख रहा हूं सम्भावित हो सकता है कि पुष्पा 2 द रुल ऐसा ही हो. आप सभी से अनुरोध है कि अगर पुष्पा द राइज नहीं देखा तो पहले देख ले वरना । कुछ समझ नहीं आएगा ।

  आखिरी तक पढीयेगा बहुत मजेदार है यह कहानी.

- पात्र :

  1) जकका रेडी
  2) जोली रेडी
  3) भंवर सिंह
  4) श्रीवल्ली
  5) पुष्पा

6) केशव (पुष्पा का दोस्त)

7) खलीका रायडू (गुजरात में सप्लाई का काम)

8) विवेक कुमार पांडे (चेन्नई का सप्लाई)

9) मंगल सीनु

10) मोर्गन (चेन्नई सप्लाई)

11) देशमुख राय (मुंबई में सप्लाई का काम)

यह कहानी शुरू होती है वहां से जहां पुष्पा कि शादी सम्पूर्ण होती है ।

[पुष्पा अपने काम में फिर से लग जाता , सभी लकड़ीयो का सप्लाई चालू था , चेक पोस्ट पर उतना चेकिंग नहीं होता था. लेकिन किसको पता था कि अब जो नये एस.पी थे उनका नाम भंवर सिंह था .]

[उनका नाम ही सुन के भंवर मच जाता था . एक दिन चेक पोस्ट पर वो पहुंचे और तभी पुष्पा लकड़ी से भरी ट्रक लेके आ रहा था , ऊपर डीबे में दुध था और नीचे लकड़ियां थी .]

भंवर सिंह ने गाड़ी को रोका

भंवर सिंह : ऐ गाड़ी रोक (गुस्से में)

पुष्पा : काय रे साहेब अब क्या हुआ मैंने आपको बोला था कि एक रुपया भी नही देगा तो गाड़ी कायको रोका, कि पैसा नहीं दुंगा इसलिए रोका। कि बदला लेना चाहते हो ।

भंवर सिंह : ऐ बावले थारेको पता तो है ना तेरे सारे पैसे मैंने जला दिये थे । तेरा एक पैसा भी मुझे नहीं चाहिए।

पुष्पा : तो फिर गाड़ी क्यों रोका साहब ।

भंवर सिंह : पुष्पा पुलिस अपना काम कर रही है । तो करने दे

पुष्पा : ठीक है साहेब चेका कर लो . अगर माल मिल भी गया तो पुष्पा नहीं मिलेगा और पुष्पा मिला तो माल नहीं मिलेगा।

भंवर सिंह : (हंसते हुए) मुझे तो दोनों ही मिल गये।

पुष्पा : मिल भी गया तो तुम करोगे क्या। गोविंद सर एस.पी ने इस्तीफा दे दिया हमको पकड़ते - पकड़ते तो तुम क्या हो रे।

भंवर सिंह : तुम भुल रहे हो मैं भंवर सिंह हुं ।

[भंवर सिंह ने ट्रक को चेक करवाया और अपने अधिकारियों से पूछा क्या है रे इस मे ।]

अधिकारी ने कहा : सर इस मे खाली दूध है

पुष्पा : बोला था ना माल मिलेगा तो पुष्पा नहीं मिलेगा और पुष्पा मिलेगा तो माल नहीं मिलेगा । लेकिन मैं तो मिल गया । मैं तो बहुत बड़ा हलकत है साहेब ।

भंवर सिंह : ऐ तेरी सारी अकड़ में बहुत जल्दी निकालुंगा ।

[पुष्पा वहां से गाड़ी लेकर चल देता है । जब भी पुष्पा को लगता था कि माल ज्यादा है तो माल लेकर वहीं जाता था । अगर कम लगे तो अपने आदमीयों को भेजता था।]

[उधर जोली रेडी और मंगल सीनु पुष्पा से बदला लेने के लिए तड़प रहे हैं । वो कर भी क्या सकते हैं पुष्पा के पास बहुत पावर था ।]

(कहानी में तभी नया तड़का लगा चेन्नई में लाल चंदन का सप्लाई रोक दिया गया । वहां एक डोन था विवेक कुमार। उसके हाथ में । सभ कुछ कंट्रोल में था । मोर्गन भी अपना माल बेचने या लेने कि बात उसी से करता था । तभी एक दिन विवेक ने अर्ज़नट मीटिंग बुलाई । वहां पर मंगल सीनु और मोर्गन , खलीका रायडू , देशमुख , पहुंचे।)

विवेक कुमार पांडे : मैंने आप सभी को बहुत ही जरूरी काम से बुलाया है ।

मंगल सीनु : हां आगे तो बोल और सभ कैसा है हाल- चाल तेरा ।

विवेक कुमार पांडे : ऐ ऐडे । में इधर तुझे अपना हाल - चाल पूछने के लिए नहीं बुलाया है । काम के लिए बुलाया है।

मंगल सीनु : तो बोलना

खलीका रायडू : ये मंगल सीनु भी ना । चुप रह बे।

मोर्गन : अरे ये कीच - पीच बंद करो ।

विवेक कुमार पांडे : ठीक है तो सुनो । पुष्पा का माल कोई भी नहीं खरीदेगा । चाहे कुछ भी हो जाए । हमे अपने धंधा को आगे बढाना है । उसने तो बहुत पैसा कमा लिया है। अब हमारी बारी है ।

खलीका रायडू : लेकिन यह कैसे हो सकता हैं। असम्भव है !

मोर्गन : हां । असम्भव है उसका माल हर पार्टी खरीदने को तैयार हैं ।

देशमुख राय : में मोर्गन के बात से सहमत हूं । सभी पार्टियां उसके माल को दो गुना पैसा देकर खरीदती है ।

मंगल सीनु : (गुस्सा से) आज अगर मेरा भाई रहता कोंडा रेडी । तो ये पुष्पा कभी कुछ नहीं कर पाता। गास भी नहीं उखाड़ता ।

विवेक कुमार पांडे : कौन आया और कौन गया मुझे यह नहीं सुनना है मंगलु । अब में उसे लेकर जाऊंगा ।

मंगल सीनु : यह कभी नहीं हो सकता है। उसे मरवाने के लिए मैंने कितनी बार कोशिश की पर हर बार नाकामयाब रहा में ।

विवेक कुमार पांडे : इस बार कामयाब होंगे जरुर।

खलीका रायडू : मुझे तो यह पता नहीं चल रहा है कि उसके माल मे ऐसा क्या है ख़ास जो सभी लोग बावले हो रहे हैं।

मंगल सीनु : वह माल इसलिए खास है पुष्पा जंगल के भीतरी वाले भाग में वो खुद जाकर लकड़ियां काट ता है । उस भीतरी भाग में लकड़ियां बहुत ख़ास होती है इसलिए उसका माल बीकता है ।

मोर्गन : हम कर भी क्या सकते हैं एम.एल.ऐ साहब ने ही कह दिया है सभ लोग अपना माल पुष्पा को देंगे ।

मंगल सीनु : सिर्फ 1.5 करोड़ मैंने क्या ज्यादा ले लिये । एम.एल.ए साहब ने उसे सभ कुछ दे दिया। सालो में इतने साल से माल बेच रहा हूं । और उसे आए महिना भी नहीं हुआ और सभ उसकी साईड चले गए ।

विवेक कुमार पांडे : जो हुआ उसे भुल जाव । अब जो होने वाला उससे पुष्पा सही में फ्लावर की तरह मुरझा जाएगा।

वो माल तो भेजेगा पर इधर से पैसा नहीं जाएगा ।

मंगल सीनु : में समझा नहीं । क्या बोल रहा है तु ।

विवेक कुमार पांडे : उससे हम 100 ट्रक माल मंगवायेंगें और पैसा नहीं देंगे ।

मोर्गन : तुम्हें लगता है कि पुष्पा 100 ट्रक माल भेजेगा और एडवांस नहीं लेगा ।

विवेक कुमार पांडे : तुम्हें क्या लगता है वो नहीं भेजेगा । वह जरूर भेजेगा हम उसे कह देंगे पैसा साथ में ले लेना। फिर देखते हैं । कि वो अपने आदमीयों को कैसे पैसा देगा । कहा से पैसा लाएगा वो । (जोर से हंस ते हुए हां - हां - हां)

मंगल सीनु : तेरे बात में तो दम है ।

विवेक कुमार पांडे : और माल लेने के बाद । माल का सप्लाई बंद ।

खलीका रायडू : अगर उसे मालूम पड गया तो वो हमे माल देगा और उसे माल का पैसा नहीं मिला तो ।

विवेक कुमार पांडे : उसे मालूम कैसे चलेगा । ये बात तो हम ही जानते है ना । अगर मालूम पड़ गया तो तुम मैसे कोई नहीं बचेगा ।

मंगल सीनु : नहीं पता चलेगा । उसे अभी ही फोन लगा।

[विवेक उसे फोन लगाता है और कहता है]

विवेक कुमार पांडे : पुष्पा में विवेक । चेन्नई से बोल रहा हूं । कसा हाय . (कसा हाय का मतलब होता है कैसा है)

पुष्पा : हां बोलो कैसे याद किया । कुछ काम था क्या माल चाहिए था क्या ।

विवेक कुमार पांडे : तु कैसे जान गया ।

पुष्पा : पुष्पा को सभ कुछ पता लग जाता है । वो सभ कि मन की बात जानता है ।

विवेक कुमार पांडे : इस बार तुझे बड़ा ओर्डर दे रहा हूं । सौ ट्रक माल चाहिए है ।

पुष्पा : क्या बात है सौ ट्रक । लेकिन एक का कितना मिलेगा । पहले भाव फिक्स कर ले तो बादमें लफड़ा वाला काम मुझे अच्छा नहीं लगता है ।

विवेक कुमार पांडे : एक का 7.50 करोड़ पचास लाख। पुरा मिलाके 750 करोड़ मिलेगा । बोल तैयार हैं ।

पुष्पा : हां । लेकिन एडवांस चाहिए 400 करोड़ ।

विवेक कुमार पांडे : काय रे पुष्पा इतने सालों से मुझे माल बेच रहा है । मैंने कभी तेरा पैसा बाकी रखा है ।

पुष्पा : नहीं ऐसी कोई बात नही है । पर एडवांस देते तो मैं अपने आदमीयों को भी दे देता ।

विवेक कुमार पांडे : अरे पुष्पा पैसा मिल जाएगा । तेरे पास पैसो कि कमी कहां है ।

पुष्पा : माल कब भीजवाना है ।

विवेक कुमार पांडे : सात तारीख को भेज दे ।

पुष्पा : ठीक है । आज दो तारीख है । पांच दिन बाद भेज दुंगा ।

[तभी मंगल सीनु ने विवेक को कहा धीरे से इतना दीन बाद क्यों मंगवा रहा है । उसे बोल ना चार तारीख को भेज दे ।]

[मंगल सीनु कि बाते सुन कर विवेक पुष्पा से कहता है]

विवेक कुमार पांडे : पुष्पा माल चार तारीख तक भेज सकता हैं ।

पुष्पा : ठीक है । पर इतना जल्दी राय भी बदल दिया । बहुत जल्दी हे क्या ।

विवेक कुमार पांडे : नहीं ऐसी कोई बात नही है मैंने सोचा कि भेज देता तो ठीक रहता ।

पुष्पा : ठीक है । मिल जाएगा ।

विवेक कुमार पांडे : कुछ काम हो तो फ़ोन करना ।

पुष्पा : अरे साहब आप ही हैं जिससे हम सभी का धंधा चलता है ।

विवेक कुमार पांडे : हां वो तो है । ठीक है तो रखता हुं । मुझे बहुत काम है ।

पुष्पा : हां ठीक है ।

[विवेक फोन रख देता है और वहां मौजूद सभी लोगों से कहता है कि ध्यान से सुनना मुझे पता है ज्यादा माल है तो पुष्पा ही लेकर आएगा । अगर उसे मालूम भी पड गया कि उसे पैसा नहीं मिलेगा तो । वो वापस जाने कि कोशिश जरूर करेगा । चेक पोस्ट पार कर ले तो उसे वहीं खत्म करवा देंगे । माल भी मिलेगा और अपना राज भी होगा ।]

मंगल सीनु : लेकिन वह चेक पोस्ट पार कैसे करेगा । वहां पर भंवर सिंह जो है । पुष्पा का भंवर सिंह से छत्तीस का आंकड़ा है ।

विवेक कुमार पांडे : मंगल सीनु डर मत । उसे में अभी फोन करता हूं ।

मोर्गन : नहीं तु उसे फोन मत कर । मैं करता हूं वह मुझे अच्छे से जानता है । पहले उसकी पोस्टींग इधर मेरे इलाके में थी । इसलिए मैं फोन करूंगा ।

खलीका रायडू : हां मोर्गन भाई सही कह रहे हैं ।

देशमुख राय : हा सही है । लेकिन मुझे भंवर सिंह से बदला लेना है । उसने मेरे छोटे भाई को मारा है । उसे में नहीं छोडुंगा ।

मंगल सीनु : पहले हमें पुष्पा से बदला लेने दे । फिर ये भंवर सिंह को अपने रास्ते से हटा देंगे । पुष्पा ने मेरा जीजा को भी मारा है ।

मोर्गन : ठीक है । सभ शांत हो जाओ मैं उसे फ़ोन कर रहा हूं ।

[मोर्गन भंवर सिंह को फोन लगाया और कहा]

मोर्गन : हेलो भंवर सिंह में मोर्गन बोल रहा हूं । तेरा दोस्त

भंवर सिंह : हा बोल यार कैसे याद किया ।

मोर्गन : ध्यान से सुन मेरे पास टाइम नहीं है । तुझे पुष्पा से बदला लेना है ना तो सुन हमने उसे 100 ट्रक माल मंगवाया है । और माल मिलने के बाद उसे हम एक भी पैसा नहीं देंगे । पुरा 750 करोड़ का माल है । उस में से 5 टका तेरा और तुझे तेरा बदला भी मिल जाएगा ।

भंवर सिंह : लेकिन कैसे ,मारे को कुछ समझ नहीं आ रहा है ?

मोर्गन : अरे पुष्पा माल लेकर आएगा । चेक पोस्ट उसे पार तो करना ही होगा तो तु चेक पोस्ट पर उसकी ट्रक चेकिंग मत करना जाने देना ।

भंवर सिंह : हां अब समझ आया मारे को । तुम लोग मुझे बावला बना रहे हो । माल भी तुम्हारा और पैसा भी तुम्हारा ।

मोर्गन : भंवर सिंह तुझे कोई बावला नहीं बना रहा है । पैसा मिलेगा भरोसा रख ।

भंवर सिंह : ठीक है काम हो जाएगा । वैसे वो माल लेकर कब निकलेगा ।

मोर्गन : चार तारीख को आज दो तारीख है । ध्यान रखना ।

भंवर सिंह : ठीक है । रखता हूं ।

[फ़ोन रखने के बाद मानो की भंवर सिंह को इतनी खुशी हुई की वह खुशी के मारे नाच उठा । और अपने अधिकारियों से हंस हंस के कहने लगा । पुष्पा पुष्पा पुष्पा पुष्पा ।]

[अधिकारी आपस में कहने लगे मुझे लगता है सर उससे बदला नहीं ले पाए तो उनके ऊपर पुष्पा का भुत सवार हो गया है।]

विवेक कुमार पांडे : चलो सभ कुछ प्लान के मुताबिक हो जाएगा । माल भी मिलेगा और बीचारे पुष्पा की जिंदगी भी हमको मिलेगी । सुनो वो चेक पोस्ट पार कर ले तो 100 या 200 अपने आदमीयों को भेज देना पुष्पा को मारने के लिए ।

मंगल सीनु : में अपने आदमीयों को भेज दुंगा ।

विवेक कुमार पांडे : कुछ भी गड़बड़ नहीं होना चाहिए ।

मंगल सीनु : कुछ भी गड़बड़ नहीं होगा ।

देशमुख राय : अगर हमारा प्लान कामयाब रहा तो उस दिन हम सभी चार मिनार जाकर जश्न मानाएगें ।

खलीका रायडू : बिल्कुल ।

[और इन लोगों कि मीटिंग खत्म होती हैं और सभी अपने घर को र वाना हो जाते । इंतजार में रहते हैं कि कब चार तारीख आएगा । इधर पुष्पा खुश था कि उसे 100 ट्रक माल का ओर्डर मिला है । उसने यह बात जकका रेडी को बताया ।]

पुष्पा जकका रेडी से : हम को 100 ट्रक का ओर्डर मिला है ।

जकका रेडी : बहुत खुशी की बात है ।

पुष्पा : लेकिन हम चेक पोस्ट पार करेंगे कैसे ?

जकका रेडी : हां वो भंवर सिंह हमें छोड़ने वाला नहीं है । वो सभी ट्रक को चेक किए वगर रहेगा नहीं ।

पुष्पा : पार तो हो जाएगा चेक पोस्ट ।

जकका रेडी : कैसे ?

पुष्पा : हम चेक पोस्ट तोड़कर जाएंगे ।

जकका रेडी : नहीं पुष्पा । एक ट्रक होती तो बात अलग है । सौ ट्रक है अगर मान ले चेक पोस्ट तोड़ भी दिया उन लोगों ने फाइरींग शुरू किया और एक दो गोलियां से ट्रक के टायर या अपने आदमीयों पर लगा तो रह जाएगा माल चेक पोस्ट पर ही ।

पुष्पा : तो क्या करें ।

जकका रेडी : सुन माल जैसे जा रहा है अभी वैसे ही जाएगा । ऊपर के तरफ दूध और नीचे माल रहेगा । माल वैसे ही लेकर जाना है ।

पुष्पा : ठीक है । लेकिन मुझे ये पता नहीं चल रहा है विवेक भाई ने पहले माल सात तारीख को मंगवाया फिर कहते है कि चार तारीख को माल चाहिए ।

जकका रेडी : पुष्पा सुन मेरी बात इतना माल वो भंवर सिंह लेकर नहीं जाने देगा । एक काम कर विवेक को फोन कर के बोल दे एक दिन में 10 ट्रक ही जाएगा । उसे हम माल दस दिन में भेज देंगे ।

पुष्पा : माल तो मैं लेकर जाऊंगा ही और वो भी 100 ट्रक ।

जकका रेडी : लेकिन कैसे सामने भंवर सिंह है ।

पुष्पा : सामने कोई भी हो पर में झुकेगा नहीं शाला ।

जकका रेडी : बहुत ही रिस्क है इस काम में । कानुन को हाथ में मत ले पुष्पा वरना वो भंवर अपना माल पकड़ने के बाद बेच देगा हमे कुछ मिलेगा भी नहीं । एक दिन में 100 ट्रक कैसे जाएगा ।

पुष्पा : में खुद बहुत बड़ा कानून हैं। मैं 100 ट्रक लेकर ही जाऊंगा । देखते ये भंवर सरकारी नेवला मुझे कैसे रोकता है ।

जकका रेडी : वैसे कितने में तय किया है ओर्डर ।

पुष्पा : 750 करोड़ में ।

जकका रेडी : एडवांस किताना दे रहा है विवेक ।

पुष्पा : एडवांस बोला नहीं मिलेगा एक साथ सभ पैसा देंगे ।

जकका रेडी : हां वो सभ ठीक है लेकिन माल जाएगा कैसे ।

पुष्पा : उसकी चिंता मत करो तुम । तुम सिर्फ माल बराबर रखवा देना अपने आदमीयों को कहकर ।

जकका रेडी : हां ।

पुष्पा : में आता हूं । आई कि तबीयत खराब है ।

जकका रेडी : ठीक है । जल्दी आना हमने वो सुरी को कल माल भेजा था उसका हिसाब करना है । उसने पैसा दे दिया है ।

पुष्पा : आकर करता हूं हिसाब ।

[पुष्पा वहां से चला जाता है और जकका रेडी अपने काम में लग जाता है । पुष्पा घर पहुंचता है ।]

पुष्पा अपनी मां से कहता है

पुष्पा : आई ये क्या हो गया है तुझे । दवाई भी नहीं खा रही है और समय से खाना भी नहीं । वो सभ बातें भुल जा में जानता हूं तु पिता जी के बारे में सोच रही है ।

मां : वो दर्द और वह अपमान कैसे भुला सकती हैं मैं पुष्पा ।

पुष्पा : आई जाने देना । छोड़ वो सभी बातें । मुझे आज 750 करोड़ का ओर्डर मिला है ।

मां : तु सच बोल रहा है ।

पुष्पा : हां मां । ये श्रीवली कहा है दिख नहीं रही ।

मां : वो खाना बना रही है । किचन में होगी । जा मिल ले ।

[पुष्पा किचन में जाता है]

पुष्पा : ए श्रीवल्ली में गया ।

श्रीवल्ली : आ गये तो मैं क्या करूं नाचु ।

पुष्पा : ऐ ऐसे काई को बोल रही मुझ से नाराज़ हैं क्या । मेरी जान

श्रीवल्ली : वह चंपा मासी के पति देख हर दिन वह अपनी पत्नी को घुमाने लेकर जाते हैं । और एक तू है कि दिन भर काम में ही लगा रहता है । मन तो कर रहा है तुझे मैं !!?।

पुष्पा : क्या ।??

श्रीवल्ली : मेरी शादी तुमसे नहीं होती तो ठीक रहता ।

पुष्पा : तो जा जोली रेडी से कर ले शादी वैसे वो तुझे बहुत चाहता है ।

[श्रीवल्ली पुष्पा के आंखों में आंखें डालकर कहती है सही में जोली रेडी से मैं शादी कर लूं]

पुष्पा : नहीं तू सिर्फ मेरी है और मेरी ही रहेगी ।

श्रीवल्ली : तो तुम मुझ से प्यार करते हो या नहीं।

पुष्पा : नहीं करता हूं तुमसे प्यार ।

श्रीवल्ली : [रोकर कहने लगी] मैं जानती थी तुम मुझे प्यार नहीं करते हो । वो शादी के पहले वाला पुष्पा मुझे बहुत प्यार करता था । अब तुम बदल गये हो ।

(तभी मां चिल्लाती है और कहती है क्यों रो रही हो बहू क्या हुआ फिर से पुष्पा ने तुम्हें परेशान किया क्या । रुक जा पुष्पा ।)

पुष्पा : ऐ श्रीवल्ली में तो मज़ाक कर रहा था । तु तो मेरी जान अगर तु नहीं रही तो मैं कैसे जीऊंगा । तुझे पता ही है तुझे पाने के लिए मैंने जोली रेडी को तोड़ फोड़ दिया । मैं कितनी खुशी खुशी आया तेरे पास और तु मुझे डांटने लगी मुझ पर चिल्लाने लगी । आगया तो नाचु।

श्रीवल्ली : ठीक है प्यार करते हो । कभी मुझे बाहर शोपिंग पर या घुमाने भी नहीं ले जाते हो ।

पुष्पा : अरे जान तेरे लिए तो सभ कुछ हाज़िर है ।

श्रीवल्ली : मुझे पहले वाला पुष्पा चाहिए ।

पुष्पा : मेरे पास काम बहुत सारा है । अपने सहेलियों के साथ चली जा ना ।

श्रीवल्ली : उनके साथ ही जाना होता तो तुझे कहती क्या मैं । तुम मुझे ले जा रहो या नहीं ।

पुष्पा : अभी नहीं । कल लेकर जाऊंगा । मुझे बहुत काम है मेरी जान ।

[श्रीवल्ली नाराज़ होकर]

श्रीवल्ली : ठीक है मत ले जाव , मां के लिए दवाई लेकर आना खत्म हो गयी है ।

[और मां के पास चली जाती है]

पुष्पा : ऐ श्रीवल्ली रुकना ।

[श्रीवल्ली मां के लिए खाना लेकर जाती हैं ।]

श्रीवल्ली : मां उठो खाना खा लो ।

मां : नहीं मुझे नहीं खाना है । मुझे भुख नहीं है ।

श्रीवल्ली : खा लो ना मां नहीं तो आप कैसे ठीक रहोगे ।

[पुष्पा कीचन से बाहर आता है । और मां को कहता है ।]

पुष्पा : आई खा ले ना । देख तुझे कुछ हो गया तो मैं अपने आप को कभी माफ नहीं करूंगा । भुल जा अभी के लिए वो सभी बातों को । मैं बदला लुंगा जरुर ।

मां : ठीक है बेटा । लेकिन तुने सुबह से कुछ खाया या नहीं ।

पुष्पा झुठ झुठ कह देता है । हा मां मेंने खा लिया है ।

मां : में जानती हूं । मुझ से झुठ बोल रहा है ना तु । बोल

पुष्पा : हां मां ।

मां : आ में तुझे अपने हाथो से खिला दु ।

पुष्पा : नहीं तुम खा लो मैं बाद में खा लुंगा ।

मां : अरे आना खा ले मां कि बात नहीं सुनेगा । अगर तु नहीं खायेगा तो मैं भी नहीं खाऊंगी ।

श्रीवल्ली : खा लो ना वैसे भी तुम कुछ खाया नहीं है । अगर खा लोगे तो मां भी खा लेगी ।

पुष्पा : ठीक है मां खीला दो अपने हाथो से ।

[पुष्पा खाना खा लेता है और]

पुष्पा : ऐ श्रीवल्ली

श्रीवल्ली : हां बोल अब क्या हुआ ।

पुष्पा : तुने कहा ना मां की एक दवाई खत्म हो गई है । तो दवाई कि रसिद दे । मैं जब हिसाब कर आऊंगा तब मेडिकल से दवाई लेकर आ जाउंगा ।

श्रीवल्ली : अरे पुष्पा मैंने दवाई लाने के लिए केशव को भेजा है वो अभी आता ही होगा ।

पुष्पा : फिर मुझे क्यों कह रही है लाने को ।

श्रीवल्ली : मुझे याद नहीं आया । भुल गयी ।

पुष्पा : तुझे भुलने कि बिमारी तो नहीं है ना श्रीवल्ली ।

श्रीवल्ली : नहीं ।

पुष्पा : तो बादाम खा ।

श्रीवल्ली : बादाम खाने जरुरत मुझे नहीं । पतिदेव आपको है समझे ।

पुष्पा : ठीक है मैं चलता हूं श्रीवल्ली बाय बाय।

श्रीवल्ली : बाय जल्दी आना ।

पुष्पा : ठीक है ।

[पुष्पा के जाने के बाद थोडे समय बाद केशव दवाई लेकर आता है ।] (केशव अपनी भाभी श्रीवल्ली से कहता है ।)

केशव : भाभी ये लो दवाई । मां को खिला देना ।

श्रीवल्ली : वैसे तुम्हें आज कुछ काम है या नहीं ।

केशव : काम तो बहुत है मुझे अभी सभी मजदूरों को दिहाड़ी देना है । क्यों कुछ काम था क्या भाभी ।

श्रीवल्ली : नहीं बस ऐसे ही पुछ रही थी ।

श्रीवल्ली मां से कहती हैं ।

श्रीवल्ली : मां तुम जानती हो । हम दोनों को मिलाने के लिए केशव जी ने बहुत कुछ किया था ।

मां : ऐसा क्या किया था केशव ने ।

श्रीवल्ली : हम दोनों को मिलाने के लिए इन्होंने 1000 रूपयों का चढ़ावा चढ़ाया था ।

मां : कहां मंदिर में ।

केशव : (लज्जा होकर) हां मां मंदिर में चढ़ावा चढ़ाया था मैंने ।

श्रीवल्ली : मंदिर या मुझ पर चढ़ावा चढ़ाया था ।

मां : मुझे कुछ समझ नहीं आ रहा है । किसको चढ़ावा चढ़ाया । साफ साफ कहो जलेबी की तरह गोल गोल बात को मत घुमाओ ।

श्रीवल्ली : पुष्पा मुझ से मिलने के लिए कांवरा - बाबरा हो रहा था । तो केशव जी ने मुझे 1000 रुपए दिए जिससे मैंने अपने फेवरेट हीरो कि फिल्म देख लिया । उसके बदले में केशव ने कहा तुम्हें मंदिर पर आके पुष्पा को ताड़ना होगा । मैंने पुष्पा को देख लिया । इसलिए कह रहीं हुं मां हमारी जोड़ी इन्होंने ही बनाई ।

मां : केशव तु ये काम कब से करने लगा ।

केशव : (शर्म से) नहीं मां जी ये सभ काम में नहीं करता हूं।

श्रीवल्ली : अच्छा जी ।

केशव : मां में चलता हूं । बहुत काम है । श्रीवली भाभी मां को दवाई समय पर दे देना ।

श्रीवल्ली : ठीक है ।

[केशव गोडाउन पर पहुंचता है वहां पर जकका रेडी और पुष्पा हिसाब कर रहे थे] [उधर मंगल सीनु ने अपने घर पर मोर्गन को बुलाया]

मंगल सीनु : मोर्गन ये पुष्पा पुष्पा नाम से मुझे नफरत हो गया है । इसका करे क्या । तुझे पता है जब उसने तुझे फोन किया माल का रेट बढ़ाने के लिए । उसने मेरे सामने ही फ़ोन लगाया था तुझे ।

मोर्गन : सुन इतना सोचने कि जरूरत नहीं है । इलेक्शन आने दे । उस इलेक्शन में जीत तेरा ही होगा ।

मंगल सीनु : कैसे मैं जीतुंगा । सभ उसी के साइड है तो वोट भी उसे ही देंगे । मुश्किल है जीतना ।

मोर्गन : तु आम खाना पेड़ मत गीनना ।

मंगल सीनु : चल मान भी लिया कि मैं जीत गया उससे तुझे फायदा क्या होगा और तु मुझे ही जीत वाना चाहता है ।

मोर्गन : यहीं ना तुझे मुझ पर भरोसा नहीं है । शाले जब सभ को कहता एक ट्रक का 1.5 करोड़ मिलता और मुझ से 3 करोड़ में बेचता था मैंने किसी को कहा बोल कहा था मैंने ।

मंगल सीनु : नहीं । पर इलेक्शन में जीत तो तय है ना ।

मोर्गन : हां

(तभी एक मंगल सीनु का एक आदमी आता है और मंगल सीनु को कहता है । आपसे कोई मिलने आया है । माल के बारे में। बात चीत करना चाहता है वो अपना एलेक्स बता रहा है। मंगल सीनु ने उससे कहा भेज दे ।)

मोर्गन : ये तो अपना इरान वाला एलेक्स है ये क्यों तुझ से मिलना चाहता है ।

मंगल सीनु : पता नहीं ! होगा कुछ काम उसे ।

(एलेक्स प्रस्थान करता है)

मंगल सीनु : बोल कैसे याद किया ।

एलेक्स : सोचा बहुत दीन हो गया । माल चाहिए था ।

मंगल सीनु : कितना माल चाहिए ।

एलेक्स : दो तीन टन चाहिए ।

मंगल सीनु : कब

एलेक्स : सात तारीख या आठ को भेजवा दे ।

मंगल सीनु : ठीक है लेकिन एक का पांच करोड़ लेगा ।

एलेक्स : पहले चार लेता था । अब अचानक पांच करोड़ क्यों मंदी आ गया क्या मंगलू तेरा धंधा में ।

मंगल सीनु : नहीं ये जो में तुझे माल दुंगा वो बहुत ख़ास है ।

एलेक्स : एडवांस 2 करोड़ दे रहा हूं । बाकी का माल मिलने के बाद ।

मंगल सीनु : जैसी तेरी मरजी ।

(एलेक्स उसे पैसा देकर वहां से चला जाता है ।)

मोर्गन : तेरे पास माल कहा से । कहीं 100 ट्रक में से तो नहीं देगा ना उसे ।

मंगल सीनु : अपने पास पहले के माल बचे हैं उसी में से भेजुंगा ।

मोर्गन : कहीं पुष्पा जान गया कि माल के बदले पैसा नहीं मिलेगा तो ।

मंगल सीनु : टेंशन मत ले अगर उसे पता चल भी गया और माल लेकर पहुंच जाएगा तो उसे चुपचाप पैसा दे देंगे । उसे पता भी नहीं चलेगा कि हमने उसके साथ गलत करने कि कोशिश कि ।

मोर्गन : ये बात विवेक को बताया कि नहीं तुने ।

मंगल सीनु : तुझे पता नहीं है क्या हम लोग बहुत ही बावले है । हां - हां - हां - हां ।

मोर्गन : वाह मंगलू ।

(उधर पुष्पा भऊ हिसाब कर रहे थे जकका रेडी के साथ)

जकका रेडी : सुरी ने कुछ कम तो नहीं दिया पुष्पा ।

पुष्पा : नहीं सभ ठीक है ।

पुष्पा केशव से कहता है

पुष्पा : केशव ये ले पैसा सभी मजदूरों को उनकी दिहाड़ी दे दे ।

केशव : ठीक है पुष्पा भऊ ।

जकका रेडी : पुष्पा लेकिन तु सौ ट्रक माल लेकर चेक पोस्ट कैसे पार करेगा ।

पुष्पा : अपुन को ऐडा समझा क्या । हम माल लेकर तो जाएंगे चेक पोस्ट पार करके नहीं । सारा माल जहाज में जाएगा । फिर माल भी जाएगा और पैसा भी आएगा ।

जकका रेडी : आइडिया तो ठीक है तेरा पुष्पा ।

पुष्पा : माल चेक पोस्ट पार कर भी जाएगा ।

जकका रेडी : मतलब तु उनको 100 के बदले 200 ट्रक माल भेजेगा ।

पुष्पा : नहीं । वो सौ ट्रक में अनाज रहेगा । जो चेक पोस्ट पार करेगा ।

जकका रेडी : तु पागल हो गया है क्या । अनाज का क्या करेगा । उन्हें लकड़ीयो के बदले अनाज भेजेगा चावल , दाल , गेहूं ।

पुष्पा : अनाज उनको नहीं दुंगा । अनाज गरीबों में बाटुंगा । कितने लोग बिचारे भुखे पेट सो जाते हैं । मैं वही गरीबी में जन्म लिया था इसलिए मैं जानता हूं उनपे क्या बीत रही होगी । किसी का मदद करना मेरा फ़र्ज़ है ।

जकका रेडी : वो सभ तो ठीक है । लेकिन तु माल लेकर जाएगा या अनाज लेकर जाएगा ।

पुष्पा : अनाज लेकर जाऊंगा । उस सरकारी नेवले के पास । मुझे कुछ कम मत समझना ।

(जकका रेडी और पुष्पा वापस में बात करते हैं कि माल कैसे ले जाना है कौन लेकर जाएगा) (और भंवर सिंह पुलिस थाने में बैठकर अपने आदमीयों से कहता है)

भंवर सिंह : में सोच रहा हूं कि हमको तो पता है पुष्पा 750 करोड़ का माल लेकर आएगा ।

कॉन्स्टेबल : हां साहेब पता तो है पुष्पा माल लेकर आएगा ही ।

भंवर सिंह : मैं सोच रहा हूं उसे उस दिन पकडुं रंगे हाथ माल भी मिलेगा और पुष्पा भी मिलेगा । उसकी सारी अकड़ ठिकाने लग जाएगा । बहुत साना बन रहा था भंवर सिंह से पंगा लेगा ।

कॉन्स्टेबल : लेकिन सर मोर्गन भाई ने तो आपसे कहा है कि माल को जाने देना चेकिंग मत करना और आप अगर ऐसा करेंगे तो फिर क्या होगा ।

भंवर सिंह : कहने से क्या होता है रे बावले । उन लोगों ने मुझसे कहा है और मैं किसी की बात थोड़ी सुनने वाला हूं । मैं किसी के बाप का नौकर नहीं जो सब की बात सुनूंगा। मेरे मन में जो आएगा मैं वही करूंगा।

कॉन्स्टेबल : तो इसका मतलब यही आप उन लोगों की बात नहीं सुनोगे आप अपनी मन मानी करोगे ।

भंवर सिंह : तुझे अपनी जिंदगी प्यारी है या तुझे अपनी नौकरी प्यारी है ।

कॉन्स्टेबल : सर मुझे दोनों ही प्यारी है माफ करिए । मैं तो सिर्फ आपको समझा रहा था कि अगर हम ऐसा करेंगे तो मोर्गन भाई को खराब लगेगा और वह हमें माल में से कमीशन भी नहीं देंगे ।

भंवर सिंह : तु मारे को समझा रहा है कि क्या करना है क्या नहीं ओकात में रह । मैं अपनी मर्जी से काम करता हूं किसी की और मर्जी से नहीं । में उस दिन भी वही करूंगा । पुष्पा से मुझे बदला लेना है उसने मुझे नीचा दिखाया है उसे अब मैं भी नीचा दिखाऊंगा । समझा ।। जा मेरे लिए बिना चीनी वाली चाय लेकर आ ।

कॉन्स्टेबल : जी सर जा रहा हूं ।

भंवर सिंह : भंवर सिंह उस दिन बवंडर मच आएगा ।

(हिसाब करते वक्त पुष्पा केशव को कहता है यह केशव सुन)

पुष्पा : जाकर किराने वाले दुकान से अनाज खरीद कर । सारा माल ट्रक में भरवा देना ।

केशव : हां भाऊ ।

पुष्पा : कुछ गड़बड़ मत करना । और उस दिन मेरे साथ ही रहना ।

केशव : ठीक है भाऊ ।

(हिसाब करके पुष्पा और जकका रेडी अपने घर चले जाते हैं)

(जोली रेडी की हालत बहुत ही गंभीर थी पुष्पा ने जो उसे मारा है । जोली रेडी पुष्पा से बदला लेने के लिए बेताब था तड़प रहा था वह बदला लेने के लिए । पर वो कर भी क्या सकता था उसके हालात ठीक नहीं थे । कि जाके पुष्पा से लड़ें । इंतजार कर रहा था कहते हैं ना सब्र का फल मीठा होता है ।)

(जकका रेडी घर पहुंचते ही कहता है अपने छोटे भाई जोली रेडी से दवाई लिया कि नहीं तूने अब तबीयत तेरी कैसी है ।)

जोली रेडी : भईया जब तक मैं पुष्पा से बदला नहीं लेता तब तक मेरी तबीयत ठीक नहीं होगी मेरी आत्मा को शांति नहीं मिलेगी । मैं अपने हाथों से उसका अंतिम संस्कार करूंगा ।

जकका रेडी : भूल मत आज मैं तेरे सामने खड़ा हूं तो उसी की वजह से उसने मेरी जान बचाई ।

जोली रेडी : लेकिन उसकी वजह से कोंडा भईया कि भी तो जान गई ।

जकका रेडी : उसका अफसोस है मुझे ।

जोली रेडी : जाने दो भईया अगर आपको अफसोस रहता ना तो आप पुष्पा की मदद नहीं करते उसका साथ नहीं देते ।

जकका रेडी : तु आराम कर । मैं जा रहा हूं सोने । मुझे तेरी फालतू बातें नहीं सुनना है ।

जोली रेडी : हां भईया आपको तो फालतू ही लगेगा मेरी बातें । पर मैं पुष्पा को छोड़ने वाला नहीं हूं और उस छोकरीया को भी नहीं । श्रीवल्ली मेरी थी मेरी है और मेरी ही रहेगी।

(पुष्पा घर पहुंचता है)

पुष्पा : मां में आ गया । ऐ श्रीवल्ली मां को दवाई खिलाया ना समय से ।

श्रीवल्ली : हां मैंने मां को दवाई खिला दिया है ।

मां : (रोते हुए) आ गया पुष्पा । तेरे पिता कि आखिरी निशानी भी तेरे गले से छीनकर लेके गया तेरा बड़ा भाई मोहन ।

पुष्पा : मां तु अभी भी उनके ही बारे में सोच रही है । छोडना वो हमे इतना भाव नहीं देते तो हमें उनको क्या भाव देने का ।

मां : कैसे मैं भुल जाऊं । वो भी तो मेरा बेटा ही है ।

पुष्पा : लेकिन वो तुझे मां माने तब ना ।

मां : जाने दे पुष्पा वो माने या ना माने पर मां का दिल नहीं मानता है ।

पुष्पा : मां हमने उन्हें अपनाने कि कोशिश किया है पर उसने हर बार खाली अपमान ही किया है ।

मां : वैसे तुझे 750 करोड़ का ओर्डर मिला है ना । माल कब भेजेगा ।

पुष्पा : मां शुक्रवार को (4 तारीख को) ।

मां : नहीं उस दिन मत भेजना तेरे पिताजी का मान है ।

पुष्पा : लेकिन मां उनको मैंने कह दिया है । माल चार तारीख को मिल जाएगा । बोलोगे तो 750 करोड़ का ओर्डर कैंसल कर दू ।

मां : ना ना कैंसल मत कर । में इसलिए बोली क्यों कि तेरे पिताजी का मान है तो उस दिन कोई भी नया कार्य नहीं किया जाता है । अशुभ माना जाता है ।

पुष्पा : कुछ नहीं होगा मां मुझे । अगर मर भी गया तो ये श्रीवल्ली है ना तेरा ध्यान रखेगी ।

मां : ये सभ अशुभ बातें मत कर बेटा । शुक्रवार को जाने से पहले पुजा करके जाना ।

पुष्पा : जैसे तुम बोलो मां में वहीं करूंगा ।

(तभी केशव आता है) पुष्पा केशव से कहता है

पुष्पा : आज कल बहुत मंदिर पर घुम रहा है तु हलकत क्या कुछ बात है क्या जो मुझ से छुपा रहा है । कि तु भी अपने लिए मंदिर पर चढ़ावा चढ़ाने गया था । जैसे श्रीवल्ली को चढ़ाया था 1000 का रुपयों का ।

केशव : नहीं भाऊ । काम खत्म हो गया तो मैंने सोचा कि मंदिर घुम कर आ जाऊं । भगवान के दर्शन कर लू।

(तभी श्रीवल्ली कहती है)

श्रीवल्ली : ये भगवान के दर्शन करने नहीं गए थे । मेरी सहेली शालिनी उनके दर्शन करने गए थे ।

पुष्पा : केशवा । तु ऐसा निकलेगा मुझे पता ही नहीं था ।

केशव : नहीं भाऊ । मैंने सोचा कि मेरा उम्र ज्यादा हो रहा है । फिर बादमें कोई लड़की भी मुझ से शादी नहीं करेगी । इसलिए सोचा अपने लिए खुद ढुंढ लु ।

पुष्पा : बहुत लड़कीया ढुंढ रहा है । उतना काम पर भी ध्यान दे । और याद रखना चार तारीख को पता है ना 750 करोड़ का ओर्डर है । जहाज में सामान रखवा देना और सुन उनके साथ तु रहना में इधर ट्रक लेकर जाऊंगा ।

केशव : हां भाऊ आप जैसा बोले ।

श्रीवल्ली : पुष्पा तुझे पता है यह केशव हर दिन मेरे सहेली से मिलने के लिए जाता है ।

पुष्पा : चमाईला तुम्ही हे सर्व कसे करता (चमाईला कैसे ये सभ कुछ कर लेता है तू)

केशव : (शर्माते हुए) भाऊ । एक बात कहूं । बातें बाद में करेंगे मुझे अभी भुख लगी है । भाभी खाना दो ना ।

श्रीवल्ली : हां ठीक है खाना निकाल देती हूं । पुष्पा तुम्हें पता है जब भी शालिनी का नाम आता है तो केशव का चेहरा शर्म से लाल लाल हो जाता है ।

मां : कोई बात नही केशव की शादी भी बहुत जल्दी हो जाएगी । तुम दोनों उसकी शादी तोड़ने के पीछे क्यों लगें हो ।

केशव : हां आई देखो ना इनकी शादी करवाने के लिए मैंने कितना कुछ नहीं किया । पर ये दोनों मेरी शादी ही नहीं होने देंगे शालिनी से । (शर्माते हुए केशव ने कहा) आई उन्हें कहो

मेरी सेटिंग् करवा दे ।

मां : ऐ पुष्पा कर वा देना इसकी शादी । उसने तेरी और श्रीवल्ली कि शादी कर वाने के लिए कितना कुछ नहीं किया ।

पुष्पा : मां में यहां से बैठे बैठे केशव कि शादी करवा दूंगा ।

केशव : पुष्पा भाऊ करवा दो ना ।

पुष्पा : नहीं करवाउंगा । तुझे अपना प्यार खुद से जीतना है । वैसे मां इसकी और शालिनी कि जोडी मस्त लगेगी दोनों ही काले - काले । हां-हां

मां : क्यों उसका मजाक ऊडा रहा है पुष्पा काला हुआ तो क्या हुआ ये तो अपना साउथ के सुपरस्टार चिरंजीवी जैसा लगता है । इसे सभी लड़कियां पसंद करेंगी ।

श्रीवल्ली : में सभ के लिए खाना निकालती हुं । पहले खा ले उसके बाद बात करेंगे सभी ।

पुष्पा : हां । पहले खाना खा ले ।

(खाना खा कर थोड़े समय बात चीत करके केशव सोने चला जाता है । श्रीवल्ली मां को दवाई दे कर वो भी अपने कमरे में चली जाती है । पुष्पा मां के पास बैठा उनका पैर दबा रहा था । तभी मां उठी और बोली जा पुष्पा सो जा तुझे नींद नहीं आ रही है क्या । छोड़ दे अब मेरी तबीयत थोड़ी ठीक लग रही है । जा बेटा सो जा । पुष्पा बोला सही में मां अब तेरी तबियत में सुधार हो रहा है ना । मां बोली हां बेटा तबीयत में सुधार हो गया है जा अब सो जा श्रीवल्ली तेरा इंतजार कर रही है । पुष्पा बोला हां मां जा रहा हूं ।)

(आज रात 12 बजे के बाद 3 तारीख हो गया । पुष्पा उस दिन भी अपने हिसाब किताब में लगा रहा क्योंकि अगर वो हिसाब नहीं करता तो बाकी पार्टियों का सप्लाई रूक जाता । और उसे चार तारीख को जाना भी था । इसलिए वह पुरा दिन जकका रेडी और केशव के साथ हिसाब किताब करता रहा ।)

(जब वो रात को आठ बजे घर आया और। खाना खा कर सो गया , सोने से पहले उसने केशव को कहा)

पुष्पा : ठीक रात को 12 बजे निकल जाना माल रखा देना ।

केशव : ठीक है भाऊ ।

(रात के बारह बज रहे थे पुष्पा और केशव दोनों उठ के तैयार होकर । मां का आशीर्वाद लेकर निकलने के लिए तैयार थे ।)

श्रीवल्ली : पुष्पा मेरे लिए कुछ लेकर आना ।

पुष्पा : ठीक है कुछ मिला तो लेकर आऊंगा आते समय । मां तुम्हारे लिए भी कुछ लेकर आऊंगा बोलो ना ।

श्रीवल्ली : जब तुम घर आ जाओ । तों में अपने माइके जाउंगी मां को लेकर सिर्फ दो तीन दिनों के लिए ।

पुष्पा : चामाईला तुझे घुमने के अलावा कुछ आता भी है या नहीं ।

श्रीवल्ली : मां देखो ना । मां मुझे कितने दिनों से बुला रही है । और पुष्पा भी ना।

मां : अरे बहु हम दोनों साथ में जाएंगे तेरे घर जाकर घुमकर आ जाएंगे ।

पुष्पा : मां बोलो ना तुम्हारे लिए क्या लाऊं ।

मां : नहीं मुझे कुछ नहीं चाहिए । मुझे सिर्फ एक पोता चाहिए जो इस घर कि रोनक बढ़ा दे । मेरा सपना है कि मैं नानी बनु । और हां रास्ते में पुजा कर के जाना और सम्भल के और शांति से जाना ।

पुष्पा : हां मां । में चलता हूं तु सपना ही देख । ऐ केशवा चल रे ।

(घर से दोनों निकल जाते जैसे मां ने कहा वैसे ही पुष्पा पुजा कर र वाना हो जाता है । वह केशव को कहता है । केशव सभ सामान बराबर रखा देना अब चेन्नई ही मिलेंगे । कुछ गड़बड़ हो तो फ़ोन करना । पुष्पा ने जकका रेडी को फोन किया और कहा माल रखवा दिया है कि नहीं । जकका रेडी टेंशन मत ले पुष्पा पुरा माल भी तैयार खाली तुझे लेकर निकलना है । पुरा ट्रक अनाज से भरा है । पुष्पा कहता है ठीक है में थोड़ी देर बाद गोडाउन पर पहुंचता हुं । गोडाउन पर पहुंच गया पुष्पा ।)

पुष्पा जकका रेडी से : सुनो वो सिंग है ना उसे 2 टन माल भेजने का है । उसे भेज देना । पैसे में कुछ कम मत लेना एक का तीन करोड़ ही लेना।

जकका रेडी : वो सिंग बोल रहा था कि में एक का 2 करोड़ देगा ।

पुष्पा : अगर ना दे तीन करोड़ तो माल उसे मत देना । में अब निकलता है ।

जकका रेडी : ठीक है पुष्पा में उसे कहूंगा माल का तीन करोड़ ही चाहिए ।

(पुष्पा 100 अनाज भरा ट्रक अपने आदमीयों के साथ लेकर निकल जाता है । पुष्पा विवेक को फोन कर देता है में माल लेके निकल गया हुं । विवेक यह ख़बर मोर्गन , मंगल सीनु , रायडू , देशमुख को फोन पे बता देता है ।)

विवेक कुमार मंगल सीनु से कहता है

विवेक कुमार पांडे : सुन पुष्पा माल लेकर निकल गया है । अगर चेक पोस्ट पार कर ले तो उसे वहीं मर वा देना ।

मंगल सीनु : अगर जींदा बच गया और माल लेकर पहुंच गया तो । क्या करेंगें ।

विवेक कुमार पांडे : मुझे क्या ऐडा समझा है क्या मंगलु । अगर वो जींदा बच कर आ गया तो । माल का पैसा उसे दे देंगे । बात ही खत्म ।

मंगल सीनु : लेकिन अपना बदले का क्या ।

विवेक कुमार पांडे : लेकिन वेकिन मत कर । वो अभी हमारे पास अभी नहीं पहुंचा है । जींदा भी बच गया तो । में उसे मार दुंगा ।

मंगल सीनु : चल रखता हूं फोन कुछ बात हो तो बताना ।

(पुष्पा माल लेकर चेक पोस्ट पर पहुंचता है । वहां पर भंवर सिंह और उनके हवलदार भी मौजूद थे ।)

भंवर सिंह : खम्मा घनी पुष्पा आप किंया हो (किंया हो मतलब कैसे हो) चल गाड़ी रोक । अपने आदमीयों से कहता है ये गाड़ी चेक कर ।

हवलदार : ठीक है सर ।

पुष्पा : कसा हाय साहब में एक दम बढ़िया है । हां बराबर चेक कर वाना ।

भंवर सिंह : पुष्पा आज तु गया रे । मारे को समझ ना आ रहीया के तुझे कुछ भी नया काम मिले भंवर सिंह को भनक लग जावे है । आज तो तु गया पुष्पा चल थोड़ा हंस दे । आज तो तुझे झुकना होगा रे ।

पुष्पा : ऐ सरकारी नेवले । पुष्पा नाम सुन के फ्लावर समझे क्या । फ्लावर नहीं फायर है मैं ।

भंवर सिंह : चल तेरे साथ में एक गेम खेलता हुं । अगर तेरा 750 करोड़ का माल नहीं जाने दिया तो ।

पुष्पा : तुझे कैसे पता ।

भंवर सिंह : मारे को सभ कुछ पता लग जाता है । जब बच्चा जन्म ले उससे पहले बच्चे कि खुशबू मारे को लग जावे है ।

पुष्पा : में तो माल लेकर ही जाऊंगा । चामाईला देखते हैं मुझे कौन रोकता है ।

भंवर सिंह : (गुस्से से) ऐ बंद कर दो सभी गेट । देखते है ये माल कैसे ले जाएगा । तु सही में फ्लावर है रे पुष्पा ।

(भंवर सिंह अपने आदमीयों को कहता है । अरे मर गया के बावली पुछ चेक करने में इतना टाइम लागे है के ।)

हवलदार : सर इस मे तो खाली अनाज है ।

(बाकी हवलदार भी ट्रकों को चेक कर कहते है सर इस में खाली अनाज ही भरा पड़ा है । भंवर सिंह भड़का और कहा के बक रहा है तु ।)

पुष्पा : एक बात कहूं खुद जाकर चेक कर लो ।

(भंवर सिंह जाके चेक करता है । और अनाज देख कर उसकी आंखें खुली रह जाती हैं । मानो कि उसे कोई सांप सूंघ गया हो)

पुष्पा : पुष्पा को कभी गलती से फ्लावर मत समझना । वरना भंवर सिंह वरना पुष्पा फायर है । क्या हुआ माल नहीं मिला ।

(भंवर सिंह उसके पास जाकर पुष्पा कि कोलर पकड़ कर कहता है । ऐ पुष्पा माल किधर है ।)

पुष्पा : तुम भी आ गए । उस गोविंद सर कि तरह कोलर पकड़ने । उसे भी माल नहीं मिलता ना तो वो भी कोलर पकड़ता था । और अब तु । ओ हो गुस्सा आ रहा है । इतना गुस्सा सेहत के लिए ठीक नहीं है । हानिकारक है ।

भंवर सिंह : माल किधर है

पुष्पा : तुझे बोला तो था । दोनों एक साथ कभी नहीं मिल सकता है ।

भंवर सिंह : क्या ।

पुष्पा : अगर माल मिला तो पुष्पा नहीं मिलेगा और पुष्पा मिलेगा तो माल नहीं मिलेगा। तु मुझे रोक नहीं सकता हैं । ये सभी ट्रक में लेकर जाऊंगा । तु मेरा कुछ नहीं बिगाड़ सकता हैं ।

भंवर सिंह : तु सही बोल रहा है बावले । जा आज मैं तुझे जाने देता हूं । लेकिन तेरी सारी अकड़ में बहुत जल्दी निकालुंगा । याद रखना हर बार हारने वाले । कभी जीतकर झंडा गाडते ही है बावले ।

पुष्पा : तु जीत का इंतजार कर और में तेरे हार का इंतजार कर रहा हूं ।

भंवर सिंह : भंवर सिंह एक दिन भवंडर जरूर मचायेगा ।

(भंवर सिंह हवलदारो से कहता है ऐ खोल दो गेट , पुष्पा माल लेकर निकल जाता है । भंवर सिंह अपना गुस्सा अपने आदमीयों पर उतारता है ।)

भंवर सिंह : मोर्गन ने कहा था कि वो माल लेकर निकलेगा । ऐ उसे फोन लगा ।

(मोर्गन को भंवर सिंह ने फोन लगाया)

मोर्गन : हां। भंवर सिंह पुष्पा माल लेके निकल गया ।

भंवर सिंह : हां निकल गया । तुम लोगों ने मारे से कहा था कि 750 करोड़ का माल लेकर आएगा पुष्पा ।

मोर्गन : क्यों क्या हुआ वो माल लेकर नहीं पहुंचा ।

भंवर सिंह : अरे बावली पुछ । तुम लोगों ने उससे अनाज मंगवाया है क्या पुरा सौ ट्रक अनाज से ही भरा है ।

मोर्गन : ये कैसे हो सकता है । मुझे लगता है उसे पता चल गया । रुक में विवेक को फोन लगाता हूं ।

(इतना कहकर मोर्गन फोन रख देता है फिर विवेक को फोन लगाता है)

मोर्गन : सलाम साहब । पुष्पा को सभ मालूम पड गया है । मुझे लग रहा है कि वो माल पानी के रास्ते जहाज में लेकर आ रहा है और जो 100 ट्रक है अनाज से भरा उसे वो चेक पोस्ट से लेके आ रहा है । उसका करना क्या है ।

विवेक कुमार पांडे : में जानता था । वो अपना दिमाग लगायेगा । सुन वो चेक पोस्ट पार कर गया है उसे अब मर वा दे । मंगल सीनु को फोन कर कह दे । पुष्पा ने चेक पोस्ट पार कर लिया है ।

मोर्गन : हां लाइन पर रहो उसे फोन कर कह देता हूं । (उसे फ़ोन लगता है) मंगलु पुष्पा चेक पोस्ट पार कर गया है मर वा दे उसे ।

मंगल सीनु : अरे यार शांति से सोने भी नहीं देते तुम लोग । काम हो जाएगा मेरे आदमी उधर पहुंच गए हैं ।

मोर्गन : ठीक है ।

(पुष्पा ने जैसे चेक पोस्ट पार किया । कुछ लोग उसके सामने हथियार लेके खडे थे । पुष्पा पर उन्होंने हमला करने कि कोशिश कि । पुष्पा भाऊ ने मंगल सीनु के पुरे आदमीयों

का सर्व नाश कर दिया । लाशो कि ढेर लगा दी । केशव माल लेकर चेन्नई पहुंचता है और पुष्पा को फोन कर बता देता है । भाऊ माल पहुंच गया । पुष्पा माल लेकर विवेक के पास पहुंचता है उस से पहले वो ट्रक से भरा अनाज सभी गरीबों में बांट देता है । और जितना भी लकड़ी था उसे जहाज से उतर वाकर ट्रक में रखवा दिया । पुष्पा को देख विवेक चौंक जाता है । अरे पुष्पा तु ।)

पुष्पा : हां । माल आ गया है । पैसा ?

विवेक कुमार पांडे : कितना लाया माल ।

पुष्पा : जितना आपने कहा था । पुरा 100 ट्रक लाया हूं ।

विवेक कुमार पांडे : (अपने आदमीयों से कहता है ऐ वो पांच बेग पडे होंगे मेरे घर में उसे लाकर पुष्पा को दे दो । उसे पैसा लाकर दे देते हैं ।)

पुष्पा : चलो में चलता है । बहुत देर हो रहा ।

विवेक कुमार पांडे : अरे बैठ पुष्पा बार बार थोड़ी आता है । तेरे लिए स्पेशल दारु मंगवाता हूं । बैठ ।

पुष्पा : नहीं नहीं पार्टी साटी बाद में होगा ।

(पुष्पा पैसा लेकर निकल जाता है । इधर विवेक मंगल सीनु को फोन लगाता है और कहता है कितने आदमी भेजे थे जो पुष्पा जींदा बच गया ।)

मंगल सीनु : में उनको कब से फोन लगा रहा हूं ।पर कोई फ़ोन ही नहीं उठा रहा है ।

विवेक कुमार पांडे : फोन कैसे कोई उठायेगा उसने जंगल के रास्ते के बीच समशान घाट बना दिया है ।

मंगल सीनु : कोई बात नहीं । उडने दे उसे । एक बात याद रखना ऊंट कितना भी पहाड़ पर चढ जाए एक दिन पानी पीने के लिए नीचे आता ही है । इंतजार कर ले इलेक्शन का जीत हमारी ही होगी ।

विवेक कुमार पांडे : तुम कुछ उसका बिगाड़ नहीं । अब में जो करूंगा उससे पुष्पा की जिंदगी बर्बाद हो जाएगा ।

मंगल सीनु : तु ऐसा कुछ नहीं करेगा । इलेक्शन का इंतजार कर ।

(पुष्पा रास्ते में श्रीवल्ली के लिए सोने का चैन लेता है । फिर उसे फोन करता है ।)

पुष्पा : क्या कर रही है मेरी जान ।

श्रीवल्ली : तेरा ही इंतजार कर रहे हैं कब तू आएगा ।

पुष्पा : बस उसे माल देकर निकल गया हूं । 5 घंटे बाद में घर पहुंच जाऊंगा । मां की तबीयत अब ठीक है ना।

श्रीवल्ली : उनकी तबीयत ठीक है जल्दी से आजा घर पर मेरा मन नहीं लग रहा है तेरे बिना ।

पुष्पा : तू इतनी कांवरी बावरी क्यों हो रही है ।

श्रीवल्ली : चल झूठा ।

(1 साल बाद)

(घर में बहुत ही शोर मचने लगा । पुष्पा कि मां बहु से कहती बहु । तूने मेरे छोटे पुष्पा को खाना नहीं खिलाया जो इतना शोर कर रहा है । जा देख तो क्यों शोर कर रहा है वो हां मैं देखती हूं । शोर तो करेगा ही यह अपने बाप से भी 10 कदम आगे हैं ।)

श्रीवल्ली : बेटा क्यों इतना शोर कर रहे हो क्या हुआ मेरे सोहन बाबू को क्यों रो रहा है । भूख लगी है ।

(चुनाव के दिन नजदीक आ रहे थे और पुष्पा सभी के घर जाकर सब से विनती करता कि इस बार आई मुझे ही वोट देना । उधर मंगल सीनु भी अपने चुनाव का प्रचार जोरों शोरों से कर रहा था । वह सभी को पैसे दे देकर कहता कि मुझे ही वोट देना तो और पैसे दूंगा और चुनाव के दिन सभी ने पुष्पा की जगह मंगल सीनु को ही वोट दिया ।)

(मंगल सीनु चुनाव जीतने के बाद पुष्पा से सभी अधिकार छीन लिया । अब पावर उसके हाथ में था । अब सिर्फ एक मजदूर रह गया पुष्पा फिर सो वो हर दिन मजदुरी कर दीहाडी लेता । ये सभ देख उसके घर वाले को भी अच्छा नहीं लगता था । ऐसे ही 15 - 20 साल बीत गए । हमेशा मंगल सीनु पैसा देकर लोगों को चुनाव जीत जाता ।)

(मंगल सीनु ने अपना माल देशमुख राय को बेचने की वजह उसने खलीका रायडू को बेचा । यह बात उसे अच्छा नहीं लगा तो उसने खलीका रायडू को मर वा दिया । चंदन कि लकडीयो का काम चालू था । पर पुष्पा जैसा माल उन्हें मिलता ही नहीं था ।)

(जोली रेडी ठीक होकर पुष्पा से बदला लेने के लिए जाता है उसके घर । देख पुष्पा आज तु अपने ओकात में आ गया । तुझ से में क्या बदला लू। सभ कुछ ऊपर वाले ने ही बदला ले लिया । हां हां हां । पुष्पा ने कहा । रात कितना भी गहरा हो पर सुबह सुर्य उदय होता ही है । समझा । भंवर सिंह भी उनके पार्टी में शामिल हो गया । अब जो भी माल जाता उसका दो गुना अधिक मुनाफा मिलता था । वो चेक पोस्ट पर उनकी गाड़ीयां भी चेक नहीं करता था ।

(पुष्पा गुस्से में बैठा । मन में सोच रहा था । में फिर से चुनाव लडुंगा । फिर से जीत हासिल करुंगा । पर झुंकगा नहीं । तभी उसका बेटा आता है और कहता है पापा से कहता है इस बार में चुनाव लडुंगा । और इस बार पुष्पा के बेटे की चुनाव में जीत हो जाती है मंगल सीनु गुस्से से आगबबूला हो रहा था मानो कि उसके पैर तले जमीन खिसक गई हो।)

पुष्पा का बेटा उसे फोन लगाता है । पुष्पा अपने बेटे से कहता है ला बेटा फोन मुझे दे । मंगल सीनु ने फोन उठाया बोला कौन । पुष्पा बोल रहा हूं । सुन मेरी बात को ध्यान से अगर में मर जाऊं तो मुझ पर कफ़न मत चढाना अगर जींदा रहा तो तुम पर कफ़न में चढाऊंगा । मंगल सीनु बोला तुझे पता भी है । तेरे सामने पहाड़ बन कर बैठा है । जोली रेडी और रायडू । तु करेगा भी क्या हां हां हां हां हां हां ।

आ रहा हूं में अपनी लुंगी टाइट कर ले। सामने कोई भी हो पर में उसके आगे झुकेगा नहीं।। "पुष्पा पुष्पा राज में झुकेगा नहीं शाला" ।

-

*********** समाप्त ************

आगे कि कहानी जानने के लिए जरुर खरीदें

(फिर मिलते हैं पुष्पा 3 : द रोअर

ऐ कहानी में बहुत ही बड़ा ट्वीस्ट है । आखिर पुष्पा 15 साल तक शांत क्यों रहा । क्या कारण था । जानने के लिए तो खरीदना पड़ेगा पुष्पा 3 : द रोअर)

- में आशा करता हूं । आप सभी को यह कहानी अच्छी लगी होगी । इसका सारा श्रेय जाता है मेरे पिता जी को । आज वो अगर रहते तो मुझे बहुत ख़ुशी होती । उनका आशीर्वाद मुझ पर हमेशा बना रहेगा । में विवेक कुमार पांडे आप सभी को धन्यवाद करता हूं । आप ने मेरा किताब खरीदा ।

- आप सभी का खुब खुब अभिनंदन ।

- बाय बाय

Printed by Libri Plureos GmbH in Hamburg,
Germany